꽃보다 당신

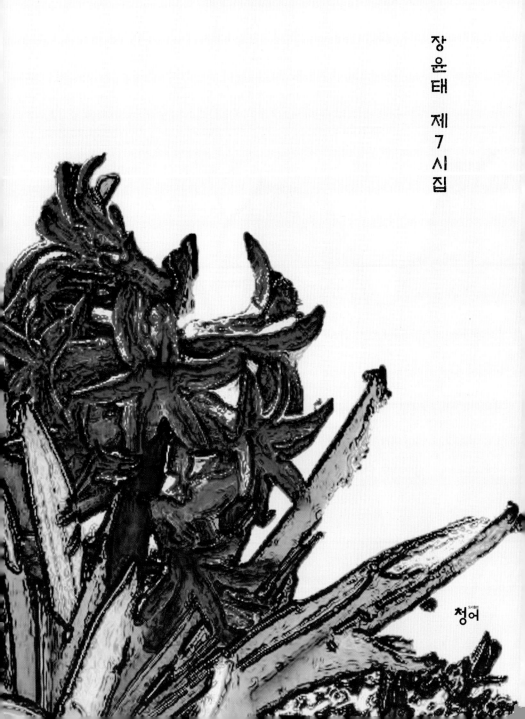

장윤태 제7시집

청어

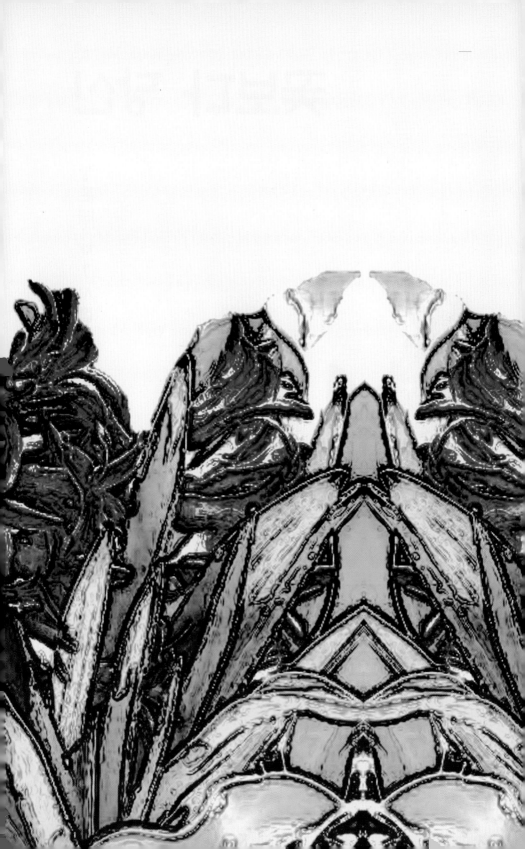

꽃보다 당신

장윤태 제 7 시집

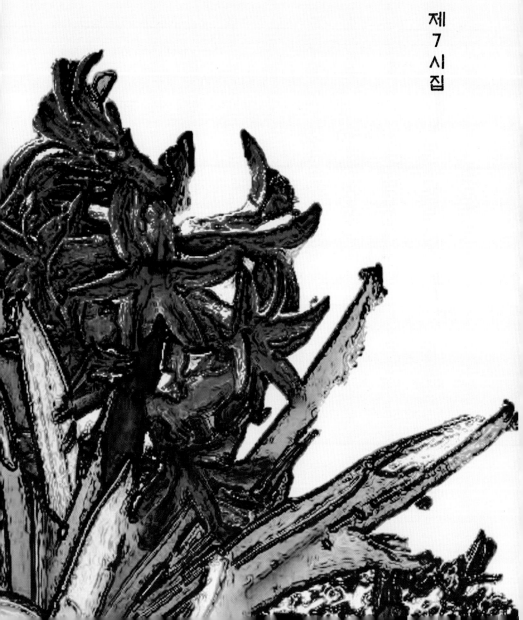

포토시화집 『꽃보다 당신』을 펴내며

어려서는 그렇게도 기다려지던 원족 날이나 운동회 날이 엉금엉금 거북이걸음으로 기어서 오더니만, 어느 날부터는 기다리지도 않는 것이(나이 듦) 해가 다르게 성큼성큼 다가오더니 정년퇴임을 하고나니 세월이 어찌나 빨리 도망치는지 뒤쫓아가기에 숨고르기조차 힘들 지경. 흘러가는 세월을 그 누가 붙잡을 수가 있으랴.

어느새 팔순(傘壽)의 나이에 이르러 잠시 걸어온 길 뒤돌아보니 모아둔 재물도 없이 초라하지만 자식들이 다 무탈하게 자라 가정을 이루어 잘 살아가고 있고, 무엇보다 사철하고 건강한 마누라 복을 타고나서 이 나이 되도록 삼시세끼 밥 잘 얻어먹고 살고 있으니 더 이상 무슨 행복을 바라랴. 친구들 말마따나 나는 복 터진 놈이 분명하다.

1995년 10월 조병화 시인의 추천으로 월간 순수문학을 통해 등단한 이후, 1998년 9월 큰딸 시집보낼 때 첫 시집을 출간하여 양가 하객들에게 나눠 올린 것을 시작으로 둘째 딸과 셋째 아들 시집장가 들 때 그리고 내 회갑(61세)과 정년퇴직 때 그리고 77세(喜壽) 때 각각 한권 씩 시집을 펴냈으니 팔순을 맞으며 이번이 일곱 번째 상재인 셈이다.

세상에 꽃을 보고 얼굴을 찡그릴 사람 어데 있고, 꽃을 보고 화낼 사람 또 어데 있으랴. 나도 산책 중이거나 여행 중에 꽃들을 마주치게 되면 반가운 마음에 얼굴이 활짝, 입가엔 소리 없는 미소를 띠게 되며 "아이고, 예쁘기도 해라. 이름이 뭐니?" 나도 모르게 꽃에게 말을 거는 버릇이 생겼다.

작은 꽃은 작은 꽃대로 화려한 꽃은 또 그 나름대로 각각 지니고 있는 꽃 이야기들을 사진과 함께 한데 묶어 팔순기념 제7시집 포토시화 『꽃보다 당신』을 펴내려고 한다.

크게 자랑할 것도 아니지만 내가 스마트폰으로 직접 찍은 80여 편의 꽃에 나의 시를 얹어서 내가 직접 포토샵 작업을 했다는 데 그 의미를 두고 싶다.

3년 전 동유럽 한 달 살기 여행도 무사히 마칠 정도로 건강하던 내 몸이 작년부터 삐꺼덕거리기 시작하더니 올 봄에 이르러 큰 이상을 느끼게 되었고, 결국 COVID 19 와중에 병원신세까지 지게 되었다.

하기야 아무리 단단한 무쇠라도 80년을 쉬지 않고 굴리다보면 무탈할 리가 없을 터. 입원 중에 MRI 검사는 물론 PET-CT 검사까지 몸속을 구석구석 훑어보았으나 다행히 암의 공포로부터는 벗어나게 되었다. 이제 남은 삶 첫째도 둘째도 건강 조심하며 하루하루 감사히 살아갈 일이다.

병원에 입원하고 있는 동안 보조 침대에서 쪽잠도 제대로 못 자며 정성을 다해 간호해준 아내와 자식들 그리고 나를 위해 기도해준 모든 분과 이번 7시집 해설을 흔쾌히 맡아주신 문학평론가 이충재 선생님께도 깊은 감사의 뜻을 전한다.

2021년 10월 15일
하남시 미사동에서
樹海 장윤태

결혼 50주년(2021. 12. 11)

80번째
눈부진오늘

사랑하는아버지장윤태
팔순을축하드립니다

팔순(2021. 10. 15)

세상
어느 꽃보다
예쁜 당신을 만나서
함께 걸어온
50년 세월
뒤돌아보니
아름답고
행복하였노라
앞으로도 변함없이
서로 사랑하고
늘 감사하며
그렇게 살아갑시다

2021년 12월 11일
결혼 50주년에 즈음하여

Home, Home, Sweet Home !

차례

1부 꽃구경

2부 자운영꽃에게

3부 동자꽃사연

4부 옥잠화 그대는

5부   오매 단풍

6부 선운사 동백꽃

1부

꽃구경

개불알꽃

하고많은 이름 중에
하필 개불알이라니
차마
입에 올리기조차
민망하다
개나리 진달래가 피기도 전에
제일 먼저 달려와
봄소식을 전해주는
반가운 꽃
봄까치꽃이라고 불러주세요

꽃말 : 기쁜 소식

냉이꽃

겨울이 끝나기가 무섭게
파릇파릇
봄은 또다시 찾아오지만
저 들판에서
나물 캐던 아낙네들은
다 어데 가고
나만 홀로
옛 생각에 잠겨 있네
칭얼대는 나를 둘쳐 업고
냉이를 캐러
저 들판을 헤매 다니셨을
울 엄마 생각에
눈물이 앞을 가려
온통 희뿌연 봄날이여

꽃말: 봄 색시

꽃구경

꽃이 제아무리
흐드러지게 핀들
사랑하는 사람이 곁에 없으면
다 무슨 소용 있으랴
부모님 생전에
꽃구경 한 번 제대로
못 시켜드린 죄책감에
나는 더 이상
걸어갈 수가 없네
눈부신 저 찬란한 꽃길을

죽어도 더 이상

꽃말: 아름다운 영혼

달맞이꽃 1

봐주는 이 없어도
어스레한 어둠이 좋아
사랑을 속으로만 삭이며
하룻밤
달님을 연민하다
그만
아침 해가 부끄러워
오므라들고 마는 꽃
이제
뻔뻔스런 우리도
밤마다 하나씩
위선의 허물을 벗어던지고
저 달맞이꽃에게서
수줍은 겸손을 배우자

꽃말: 기다림

달맞이꽃 2

그대는 더 이상
외딴 길섶에 홀로 피어나
달님만 흠모하다 그만
오므라들고야마는 그런
그리움의 꽃이 아닙니다
썩을 대로 썩은 세상만큼이나
사악해져
텃밭이고 콘크리트 바닥이고
틈만 있으면
뿌리를 박고 꽃을 피우는
악의 꽃
어쩌다 대궁이 잘려나가도
일당백으로
더 많은 줄기를 내밀어
끝내
씨를 퍼뜨리고야마는
그대는 복수의 꽃입니다

꽃말: 보이지 않는 사랑

라일락꽃

라일락꽃
한 아름 꺾어
오월의 신부에게
전합니다
라일락처럼
향기로운 길만
걸어가기를
빌고 또 빌며

꽃말 : 젊은 날의 추억

머위꽃

밭두렁이고 논두렁이고
뿌리줄기를 사방팔방으로 뻗쳐
날이 풀리기가 무섭게
꽃대부터 밀어 올리는
그 생명력이 정말 놀랍다
삶은 잎을
초고추장에 무쳐먹는 머위나물
그 쌉싸름한 맛은
내 어릴 적
집 나간 입맛도 되찾아준다고 하셨던
아버지 생각에
갑자기 가슴이
먹먹해진다

꽃말: 공평

모란

뒷산 소쩍새가
피를 토하며
밤새워 울 때마다
조금씩 벙글던 모란이
일제히
꽃망울을 터뜨려
꽃밭 가득
웃음꽃이 만발하니
정녕 그대는
꽃 중의 꽃
부덕스럽고
고품스런 여인이어라

꽃말 : 부귀

물망초

부디
나를 잊지 말아요
그대를 만나서
행복이 무엇인지
알게 되었고
참사랑이 무엇인지도
알게 되었는데
이렇게 갑자기
불귀의 몸이 될 줄이야
먼 훗날 인연이 되어
저 세상에서
다시 만나게 되면
부디 '나를 잊지 말아요'

꽃말: 나를 잊지 말아요

목련

신새벽
꽃망울 터지는 소리에
문을 열고 나가보니
마당 가득 목련이
하얗게 웃고 있더니만
저녁나절
그 목련들은 일제히
후드득 떨어져
땅바닥에 널브러지고 말았어야
진득이 기다렸다가
한봄 늘어지게 놀다나 갈 것이지
큰 애기 가슴에 불만 질러놓고
후다닥 달아나는 성깔은 꼭
멋모르고 씹은
늦가을 풋고추맛 같아야

꽃말: 이루어질 수 없는 사랑

민들레꽃

홀씨 하나 바람에 날려서
운 좋게
정원에 뿌리를 내려 꽃을 피워도
무단침입자로 괄시를 당하고
어쩌다
잔디밭에 싹을 티우면
꽃 대접은커녕
송두리째 뽑히는 수난을 당해도
아랑곳 않고
난장이라 조롱을 당해도
불평 한마디 없이
오직 하늘만 우러르며
한 점 부끄럼 없는 당당한 그대에게
큰 박수를

꽃말: 내 사랑 그대에게

바람꽃

세정사 골짜기에
꽃샘바람
매섭던 날
키를 낮추고
가만가만 살펴봐야
비로소 찾을 수 있는 꽃
하마 짓밟을까
조심조심 허리 굽히고
바위 틈 가랑잎을 들추어
마침내 찾아낸 귀하신 몸

그대 이름은 바람꽃

꽃말: 덧없는 사랑

복수초

채 녹지도 않은 눈밭을
용맹히 헤치고 나와
살포시 나비 날갯짓을 하는
그대는 얼음의 꽃
또한 봄의 일등 전령사
항상 우리에게
만복과 장수를 빌어주는
그대 이름은 복수초

꽃말: 영원한 행복

편지 1

머얼리 시집간
누이에게
봄 편지를 띄웁니다
앞산 등성이마다
진달래가 활활
타오르고 있다고
보고 싶으니
고향에 한 번
다녀가라고
이 봄이 다 가기 전에
꼬옥 한 번

꽃말: 사랑의 기쁨

2부

자운영꽃에게

봄맞이꽃

웬 싸락눈이 내렸나
봄 들판이 온통 하얗기에
가던 길을 멈추고
엉거주춤
살펴보니
이름 모를 들꽃이
올망졸망
쏙닥쏙닥
떼를 지어 모여앉아
잔칫상을 벌였네
그 이름도 예뻐라
봄맞이꽃이라고

꽃말 : 봄의 속삭임

씀바귀꽃

바람에 날린 홀씨 하나
허공을 떠돌고 돌다
성곽 돌 틈에
간신히 뿌리를 박고
비록
거꾸로 매달려
곡예사 같은 삶을 살아가지만
이렇게 어엿이
꽃까지 피었으니
게다가
가시덤불이나
돌밭이 아니었음에
감사할 따름
더 이상 소망은 없습니다

꽃말: 헌신

백작약

활짝 핀 모습이
함박을 닮았다고 함박꽃
얼핏 보면
모란꽃 같아도
자세히 보면
사뭇 다른,
그 살결이 옥보다 더 희고
한없이 순백하여
가까이 하기엔
너무 눈이 부셔서
그냥
멀리서 바라볼 뿐
더 이상
가까이 다가갈 수가 없네

꽃말: 수줍음

산수유

해마다
산수유꽃이 필 무렵이면
떠나온 고향산천이
눈에 밟혀
밤잠을 이룰 수가 없다
산수유 꽃그늘 아래
함께 거닐며 나누었던
사랑의 밀어들이
하나씩
어둠속에서 튀어나와
나의 가슴을 파고드는
애틋함이여

꽃말: 불변

엘레지

보랏빛 미소
당장이라도
하늘 높이 날아오를 듯
날쌘 자태
사랑해서는 안 될 사람을
사랑하는 죄 하나로
손가락질을 당할까봐
차마
가까이 다가가지도 못하고
그냥 멀리서
바라만 보다가
그만 망부석이 되어버린 여인
비련의 엘레지입니다

꽃말: 바람난 여인

산목련이여

세상에
한번 피었다 지는 꽃이
애처롭지 않은게
어데 있을까만

그 중에도
유월에 피었다 지는 꽃이
더 애처로운 것은
조국을 위해 싸우다가
처절히 산화한
젊은 넋들 때문이 아닐까

해마다 유월이 오면
깊은 산골짜기마다
외로이 피었다가
뚝뚝 떨어져 눕는
산목련이여

꽃말 : 수줍음

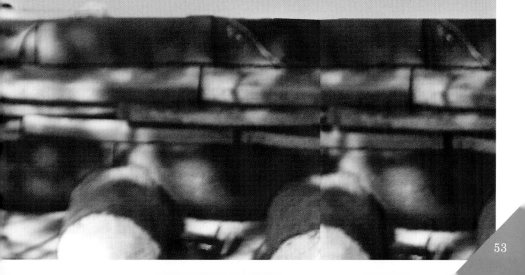

아우내의 봄

매봉산 아래
유관순 추모각 정원에는
자목련들이 횃불을 치켜들고
기미년 삼월 일일
대한독립만세를 외쳐대던
그날의 몸짓으로
아직도 활활 타오르고 있었지만
아우내 장터가 떠나가도록 외쳐대던
그날의 함성을 지금은 다 잊었는가
봄나들이 나온
열여섯 살 계집아이들은
한나절 웃음꽃만 뜨락 가득
날리고 있었습니다
철딱서니도 없이

꽃말: 자연애

53

은방울꽃

십자가 나무 아래에서
흘리신 어머님의 눈물
방울방울이
꽃이 되었나
살랑대는 바람에
딸랑딸랑
사방에 울려 퍼지는
은방울 소리여
'성모여
우리 죄를 용서하시고
우리 죽을 때
우리 죄인을 위하여
빌어주소서'

꽃말: 행복, 희망

동네 어귀마다
지천으로 피어나던 꽃
나는 지금도
저 유채밭 한가운데 서면
그날의 허기가 악몽처럼
되살아나
어질어질
노오란 현기증에
도무지
몸을 가눌 수가 없다

꽃말 : 쾌활함

유채밭에서 1

떼어버릴 수 없는 가난이
유산처럼 대물림하던
내 유년시절의 봄 나절은
냉수 한 사발로
허기를 때우기엔
하루해가 너무 길었다
온 동네 아이들이
마른버짐과 기계충으로
봄앓이가 절정을 이룰 때쯤

유채밭에서 2

까르르르
계집아이들의 웃음이 자지러지는
유채밭 한가운데에서
갑자기 도져 오는
노오란 어지럼증이여
너희들은 바위고개는 알아도
보릿고개는 웬 고개인가
고개를 갸우뚱 하겠지만
긴긴 겨울을 근근이 버텨오다가
그만
먹을 것이 바닥이 날 때쯤
허기진 배를 움켜쥐고
넘어야 했던 고개
그 빼앗긴 내 유년의 봄은
어데서 되찾아야 할까요

꽃말: 쾌활, 명랑

보드라운 바람과
벌나비 떼 불러 모아
한봄 놀어지게 놀다가는
그대처럼 나도
늙어갈수록
인내하며
너그럽고 향기로운
그런 사람이 되고 싶다

꽃말 : 그대의 관대한 사랑

자운영꽃에게

사흘도 못 가는 자태를
뽐내려고
성급하게 피려다 그만
꽃샘바람을 맞고
몰골 사납게
지고 마는
목련꽃보다
진득이 참았다가

낮은 자세로
앉아서 보아야
보인다고 앉은뱅이꽃
앙증맞게 조그만 가슴에
우주만큼 큰
꿈을 품고 사는
세상 누구보다
부러울 게 없는 꽃이랍니다

꽃말 : 나를 생각해 주오

제비꽃

봄마다
양지 바른 산야에
지천으로 피어나는
강남 갔던 제비가
돌아올 때쯤
꽃이 피어난다고 제비꽃
꽃의 뒷모습이
오랑캐의 투구를 닮았다고
오랑캐꽃

채송화

간밤에
나의 뜨락에 놀러 와서
한바탕
파티를 벌리던 별들이
갑자기 날이 밝아오자
돌아갈 길을 잃고
그대로 나의 꽃밭에
별꽃들이 되었네
온종일 방긋방긋
해님과 사랑을
속삭이더니
어둠이 다가오기도 전에
그만 서둘러
오므라들고야마는
하루살이 사랑에
가슴이 먹먹할 따름

꽃말 : 가련

미안하다 비비추야

모란이 어찌나 화려한지
그녀의 미모에 홀려
잠시 정신을 잃었다가
깨어나 보니
어느새
비비추가 지고 있구나
미안하다 비비추야
들여다보면 볼수록
꽃 속에서
마구
쏟아져 나오는 기쁜 소식
평화의 종소리여

꽃말 : 좋은 소식

3부

동자꽃 사연

금강초롱

고향이 금강산이랬지
깊은 산속
물 맑은 곳에서 자란
청잣빛 은은함이여
청사초롱
등불 밝혀들고
세상 모든 의혹
다 밝혀내고
다 몰아내어
이 땅에 진리가
영원케 하라

꽃말 : 청사초롱

네잎 클로버

어린 시절
네잎 클로버를 찾아 앞 강둑을 헤매 다니다가
끝내 찾지 못하고 울며 집에 돌아온 날 밤
꿈속에서조차 네잎 클로버를 찾아
들판을 쏘다녔던 어렴풋한 기억
무탈한 하루하루가 다 행복인 것을
신기루 같은 행운은
찾아 헤매 다닌다고 얻어지는 게 아님을
한참 후에야 알게 되었습니다
내가 커서 어른이 되어서야

꽃말: 행운

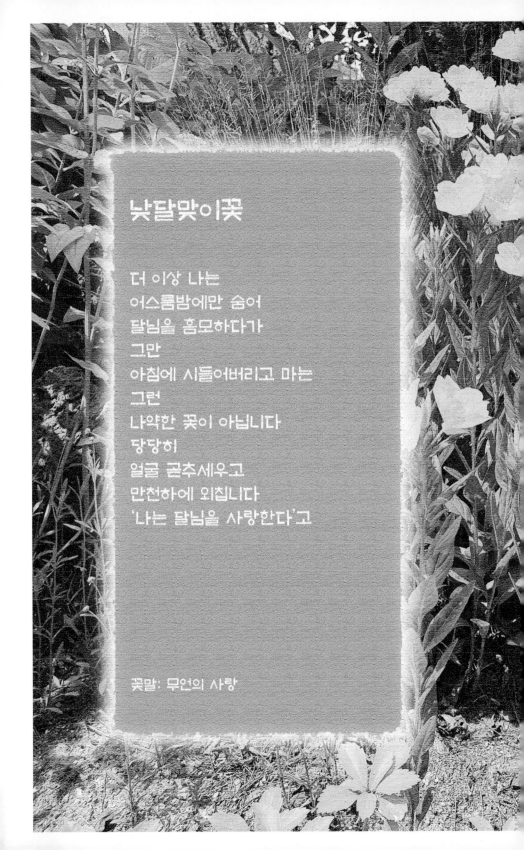

낮달맞이꽃

더 이상 나는
어스름밤에만 숨어
달님을 흠모하다가
그만
아침에 시들어버리고 마는
그런
나약한 꽃이 아닙니다
당당히
얼굴 곧추세우고
만천하에 외칩니다
'나는 달님을 사랑한다'고

꽃말: 무언의 사랑

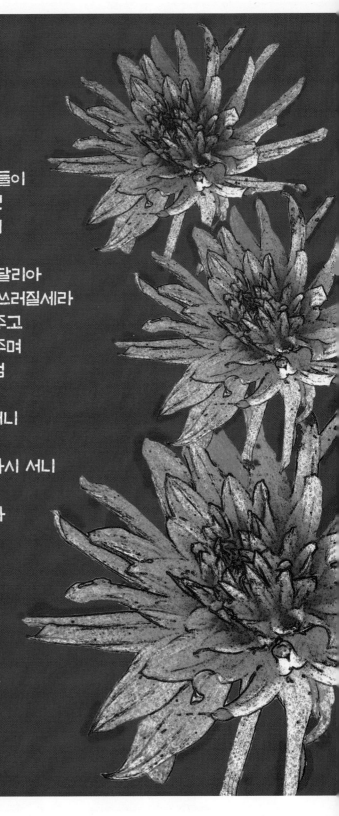

달리아

철따라 온갖 꽃들이
다투어 피어나던
어머니의 꽃밭에
유난히
키가 껑충하던 달리아
행여 비바람에 쓰러질세라
지지대를 세워주고
새끼줄로 묶어주며
당신 새끼들처럼
정성을 다 해
돌봐주시던 어머니
오늘
그 꽃밭 앞에 다시 서니
그날의 당신이
더욱 그립습니다

꽃말: 감사, 우아

도라지꽃

산딸기를 찾아서
수풀을 헤치고 다니다가 마주친
보랏빛 여인이여
가만히 들여다보고 있으면
새소리
물소리
바람소리
자유란 불의와 싸워 이긴 자만이
누릴 수 있는 것이라고
흔들릴 때마다
울려 퍼지는 평화의 종소리

꽃말 : 성실, 품위

능소화 연정

너는 뭐가 그리도 궁금한 게니
땡볕도 마다 않고
아등바등
가죽나무 꼭대기까지 기어올라
먼 산 바라기
담장 너머 누굴 그리 기다리는 게니
하룻밤 풋사랑
돌아오지 않는 낭군을
온종일 기다리다가
그만
피를 토하고 쓰러진 소화야
네 운명이 참으로
기구하기도 하구나

꽃말: 명예

75

동자꽃 사연

암자에 폭설이 내리던 날
먹을 것을 구하러 마을에 내려간
큰스님을 기다리다 그만
눈 속에 파묻혀 동사한
동자승 무덤에
해마다 피어난다는 꽃
엄마가 그리우면 애당초
집을 나서지도 않았겠지만
까까머리 동자승만 보면
안쓰러운 생각이 드는 것은
내가 너무 늙었기 때문일까
산중수행도 좋다만
세상번민은
다 어른들에게 맡기고
밖에 나가서 팔짝팔짝
뛰어 놀아라
까까머리 동자승아

꽃말: 기다림, 정열

둥굴레꽃

모난 돌이
정 맞는다고
사사건건 날 세우고
까탈부리지 말고
내가 먼저 이해하고
용서할 일이다
서로 보듬고
그렇게 둥글둥글
서로 끌어안고 나누며
남은 세월 쉬엄쉬엄
그렇게 그렇게
살아갈 일이다

꽃말 : 고귀한 봉사

맨드라미

될성부른 나무는
떡잎부터 알아본다고
무더운 여름 잘 견뎌내고
이런 계관의 멋쟁이가
나타날 줄이야
가을이 깊어갈수록
검붉게 타오르는 사랑
멀리서
한들한들
코스모스 아가씨가
손을 흔들며 화답을 하네

꽃말: 타오르는 사랑

무궁화

내 나라 국화이면서도
내 나라에서는
늘 찬밥신세인데
이역만리 타국에서
너를 만나다니
백의민족의 피를 이어온
너의 일편단심
보면 볼수록 가슴 벅차게
자랑스럽구나

— 캐나다 밴쿠버에서

꽃말∷일편단심

문주란

한 톨의 씨앗을 화분에 묻고
물을 주며 토닥토닥
싹 티워 잘도 자라더니
떠나온 고향이 그리운지
시름시름 앓을 때마다
고향이 별거더냐
나와 함께 정 붙이고 잘 살아보자고
이삿짐에 싣고 다니며
동고동락 4년 만에 꽃을 피우니 경사로다
들여다볼 때마다
이제는 중년을 훌쩍 넘은 여가수를
떠오르게 하는 꽃
문 주 란

꽃말: 청순함

분꽃연정

여름 해가 뉘엿뉘엿
앞산 너머로 기울어갈 때쯤
돌담 밑에 수줍게 피어나던 꽃
까만 꽃씨를 빻아 하얗게 분바르고
빨간 꽃잎 곱게 다져 연지곤지 찍고
소꿉놀이 하던 영이와 순이는
어데서 무얼 하고 지낼까
저녁연기 피어오르는
정지문에 기대서서
하염없이 눈물만 떨구는
분이 분이야

꽃말: 수줍음

범부채

앙증스런 자태
가까이 갈수록
점점 더 멀어지는
쉽게 범접할 수 없는 사랑
그대는
나르시스인가
아니면
점박이의 열등감을
부채 뒤에 숨기고
절레절레 손을 저으며
세상과 타협을 모르는
은둔자이런가 그대는

꽃말: 정성어린 사랑

루드베키아

귀화한 지가 언제인데
그의 이름을 불러주는 사람
하나 없어도
서운해 하지도 않는다
어쩌다 정원에 초대받으면
그나마 다행
길가에 내쫓겨나
흙먼지 뒤집어쓰는
수모를 당하여도
누구 하나
원망하지도 않고
열심히 꽃을 피우리라
루드베키아라고
불리어지는 그날까지

꽃말: 영원한 행복

배롱나무 꽃

봄꽃들이
줄줄이 피었다 져도
죽은 듯
미동도 않던 것이
오월이 다 되어서야
뾰족뾰족
싹을 내미는 늦잠꾸러기
뒤늦게 눈을 뜬 만큼
온 정열을 다 불살라
한여름 땡볕에도
얼굴 붉히며
백일동안 꿋꿋이
정원을 지키고 있는
그대는 의리의 꽃
목백일홍이어라

꽃말: 웅변, 꿈, 행복

올해도
돌담 밑에 쪼그리고 앉아
눈물로 꽃씨를 뿌리는 울 엄니
땅이 꺼져라 몰아쉬는 한숨에
오늘도
하루가 너무 길다

꽃말 : 나를 건드리지 마세요

봉숭아

더 이상 가난이 싫다고
산 넘고 물 건너
서울 간 울 누나
봄이 오면 꼭 돌아온다고
봉숭아 꽃물
곱게 든 새끼손가락 걸고
훌쩍 떠나가더니
봄이 오고 가고 또 다시 돌아와도
깜깜 소식 울 누나는
어데서 잘 살고 있을까

엄마의 인생길은
무한한 슬픔이었지만
너만은 오직
꽃길만 걸어가라고
마음속으로
빌고 또 빌며
시집가는 딸에게
안겨주고 싶은 꽃
부추꽃이여

꽃말 : 무한한 슬픔

부추꽃

한 아름 꺾어
시집가는 딸에게
안겨주고 싶은 꽃
눈보다 더 희고
다이아몬드보다
더 반짝이는
부추꽃을
본 적이 있나요

베고니아

베고니아가 올망졸망
에둘러 피어 있는
공원길을 거닐며
그대와 속삭였던
사랑의 밀어들이
아직도
내 귓가에 맴도는데
한번 떠나버린 사랑은
언제 돌아올지 기약도 없고
저녁노을에 베고니아만
붉게 타고 있네

꽃말 : 친절

이팝나무 꽃

손바닥만한 논밭뙈기에서 일년 소출이라야
여덟식구 근근히 나눠 먹어도 으례
이듬 해 보리수확을 하기도 전에
바닥이 나면
또다시 허리띠 졸라매고
들로 산으로 휘젓고 다니며
캐온 나물로
머얼건 죽을 쑤어
허기진 배를 채우고
어쩌다 먹던 쑥개떡은
입이 호광하던 시절
흐드러지게 피어나던
쌀밥꽃은
나랏님이 내려주신
특식이었을까
눈요기라도
실컷 하라고

꽃말: 충절

4부

옥잠화 그대는

당신이 손짓하며
뭐라고 내게 말을 건네도
도무지 알아들을 수가 없고
시공을 넘어 서로 외사랑 만 하다
그만 죽어서야 이루는
그런 사랑은 싫어요
너무 허무해서

꽃말: 순결한 사랑

상사화

이승과 저승 사이에서
서로 애태우며 그리워만 할 뿐
생전에 만나서
서로 껴안고 보듬을 수 없는
그런 사랑은 싫어요
너무 슬퍼서

소화 소화 능소화야

겉으로는
방긋방긋 웃고 있어도
속으로는
도무지 웃는 게 아닌 것이
고향에 홀로 남은 엄마는
어찌어찌 지내고 계실까
궁궐 밖 소식이 하도 궁금하여
날마다
나뭇가지 휘어잡고 기어오르고 또 올라
두 귀 쫑긋
행여나 엄마소식 들을 수 있을까
귀를 기울이다가 그만
버얼겋게 익은 얼굴
애처롭구나
소화 소화 능소화야

꽃말: 명예, 자랑

시스터스

우리 인연은 여기까지
설령 내가 내일
먼 길 떠난다 해도
너무 슬퍼하지 말아요
내일은 내일일 뿐
그 누구도
미래를 알 수 없잖아요
다만 나는 오늘
그대를 향한 뜨거운 사랑
모두
불태우고 말겠어요
미련 없이
후회 없이

꽃말: 나는 내일 죽습니다

아카시아꽃

보리수확은 아직도 까마득한데
뒤주의 식량은 바닥이 났으니
또다시 시작된 보릿고개
내남없이
허기진 배를 움켜쥐고
버텨야했던 어린 시절
뒷동산에 지천으로 피어나던 꽃
한 움큼씩 훑어 입 안에 쑤셔 넣고
시장기를 채운 날 밤엔
내 몸에서 향내가 났다

달콤한 아카시아 향내여

꽃말: 비밀스런 사랑

연꽃
-세미원에서

넓푸른 잎으로
세상번뇌
다 감싸안으셨네
실한 꽃대궁 하나
물 위로
봉긋 세우더니
마침내
꽃이파리 흩뿌리며
영생을 비는 여인아

꽃말: 신뢰

연밭에 바람 일던 날

-세미원에서

무쇠라도 녹일 듯
찌는 불볕에도
두 손 모아
무병장수를 기원하던 여인들이
갑자기
바람이 일자
일제히 머리를 풀고 일어나
덩더 쿵 덩 더쿵
중모리 장단에 맞춰 춤을 추며
너울너울
하늘로 올라갑니다
왕생극락을 빌고 또 빌며

꽃말: 당신은 아름답습니다

옥잠화 그대는

일부러 깔깔대며
웃지 않아도
늘
입가에 부서지는
하얀 미소
다소곳하며
짙지도 엷지도 않은
그 은은함이여
언제 어디서나
수줍은 미소만 머금는
그대는 옥잠화
그대는 분명 옥잠화이어라

꽃말: 기다림

옥잠화 여인

평생 기뻐도
한번 큰소리 내어 웃지도 못하고
하얀 미소만 깨무는
거미줄 같은 인연 하나로
다가갈수록 더욱 멀어지는
언제나
다소곳하고 향기로우며
나지막이 속삭이는 여인
차라리
애절한 사랑이 더 잘 어울리는 여인아
오늘 밤엔
빨간 아네모네 같은
그런 야한 웃음으로
뜨거운 사랑 한번
불태워 보오
새벽이 오기 전에

꽃말: 기다림

원추리꽃

산새소리와
산바람이 좋아,
산을 넘어오는 흰 구름과
산 나그네가 좋아
그대는 오레아데스*
단 하루의 사랑을 위하여
수줍음 도사리고
온종일 기다리고 있는
숲속의 요정인가
오늘도
나그네의 지친 발걸음을
멈춰 세운다
한 걸음 쉬어가라고

꽃말: 기다리는 마음
오레아데스: 산야의 요정

으아리꽃

하늘에서 내려온
천사들일까
으아리
환한 웃음꽃
하늘하늘
날갯짓만큼
으아리
그 이름도 예쁘구나
천국 가는 길목에
외로운 영혼들의 길동무
으아리꽃이랍니다

꽃말: 아름다운 마음

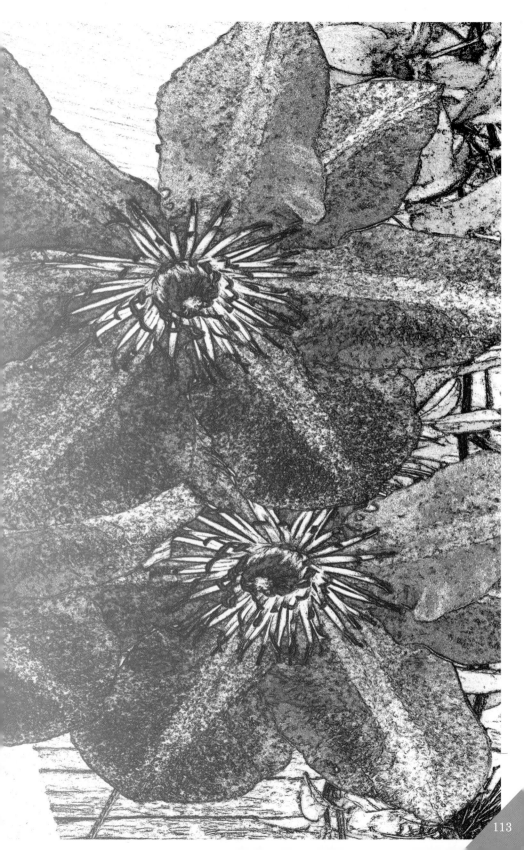

찔레꽃

엄마를 산에 묻고
내려오던 날
산골짜기마다
눈부시게 피어 있던 꽃
하얀 찔레꽃
해마다 칠월이 오면
가뭇
잊고 지냈던 엄마가
새록새록 생각난다
사뭇
잊고 살았던 엄마가
자꾸자꾸 그립다
하얀 찔레꽃

꽃말: 가족의 그리움

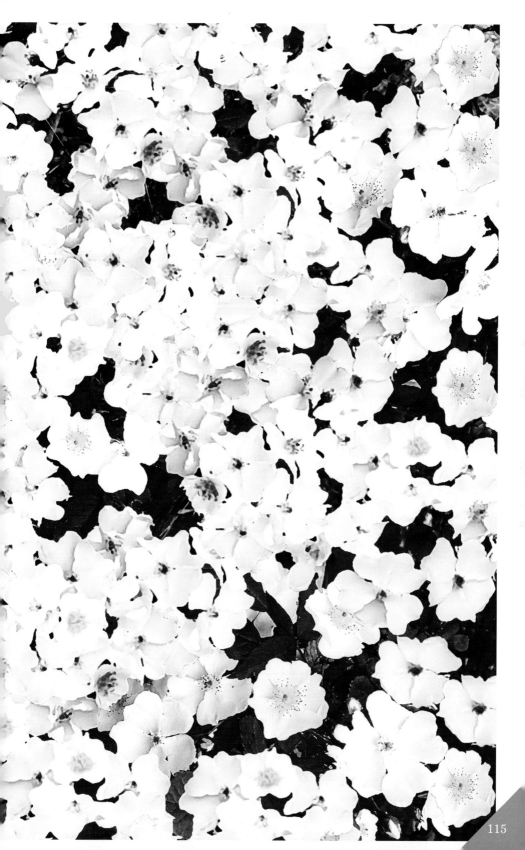

콩꽃

꽃 없는 열매가 어데 있으랴
무성한 잎새에 가려
찬찬히 들여다보지 않으면
언제 피었다 졌는지
그 꽃을 볼 틈도 없이
콩꼬투리가 주렁주렁
씨를 뿌리고
딱히 궁을 들이지 않아도
척박한 땅이나
웬만한 가뭄에도 열매를 잘 맺는
의지의 꽃
콩꽃을 본 적이 있나요

꽃말: 반드시 오고야 말 행복

편지
2

머얼리 시집간
누이에게
여름 편지를 띄웁니다
동구 밖 초가지붕에
박꽃이 밤마다
하얗게 웃고 있다고
보고 싶으니
고향에 한번
다녀가라고
이 여름이
다 가기 전에
꼬옥 한번

꽃말 : 기다림

호박꽃

새벽 산책길에 마주친 호박꽃이
내게 먼저 방긋 인사를 한다
황금빛
저토록 부덕스런 꽃을
사람들마다 홀대를 하여도
불평 하나 없다
외려
벌들에게 꿀을 내어주고
사람들에겐
웰빙 먹거리가 되어주고
모든 것을 다 감싸 안고
그저 베풀기만 하는
그대의 관대함에 저절로
머리가 숙여질 따름

꽃말: 포용

파꽃

날이 풀리기가 무섭게
땅속에 숨어 있던 움들이
뾰족뾰족
고개를 내밀며
하루가 무섭게
쑥쑥
줄기를 밀어올리더니
마침내
봄이 이울 무렵
저마다
등불을 하나씩 밝혀들고
파아파아
허공을 향하여
파란 웃음을 날리고 있다

까만 씨앗은 잘도 익어가고

꽃말: 인내

5부

오매 단풍

가을소묘

모두들 머언 길
떠날 채비를 하고 있구나
그립다는 말 대신 온통
물길을 노오랗게 물들여놓고
서둘러 떠날 채비를 하고 있구나

모두들 머언 길
떠나가고 있구나
사랑한다는 말 대신 온통
산길을 빠알갛게 불질러놓고
부랴부랴 떠나가고 있구나

모두들 멀리 멀리
달아나고 있구나
갈바람에 살랑살랑
마구 손을 흔들며
부리나케 달아나고 있구나

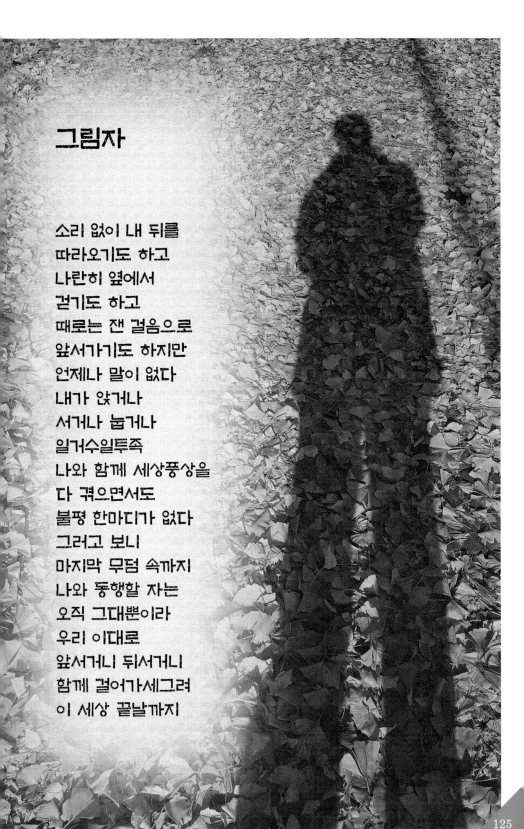

그림자

소리 없이 내 뒤를
따라오기도 하고
나란히 옆에서
걷기도 하고
때로는 잰 걸음으로
앞서가기도 하지만
언제나 말이 없다
내가 앉거나
서거나 눕거나
일거수일투족
나와 함께 세상풍상을
다 겪으면서도
불평 한마디가 없다
그러고 보니
마지막 무덤 속까지
나와 동행할 자는
오직 그대뿐이라
우리 이대로
앞서거니 뒤서거니
함께 걸어가세그려
이 세상 끝날까지

뚝갈꽃

내가 그의 이름을 모를 뿐
세상에 이름 없는 꽃이
어데 있으랴
아무도 그의 이름을
불러주지 않아도
그는 하나도 외롭지 않다
아침마다
해님이 방긋 웃어만 준다면
그뿐 오늘도 온통 감사

꽃말 : 야성미

엄마 생각

둥글납작하게
애호박을 썰어
가을 햇볕에 내어 널다가
무심코 올려다본 하늘에
비행기가 한가로이 떠갑니다
언제까지나
내 곁에 계실 줄로 믿고
'나중에 나중에'
미루기만 하다가 그만
당신 생전에
비행기 한번
못 태워드린 죄책감에
오늘도 마냥
가슴만 칩니다

127

갈대꽃

가으내
서로 살 부대끼며
서걱대던 갈대들이
마침내
몰아닥친 겨울바람에
머리를 풀어헤치고
꺼억꺼억
목울음을 삼키고 있구나
세상에
아픔 없는 사랑이
어데 있고
눈물 없는 이별이
또 어데 있으랴
지난해의 악몽일랑
모두 털어버리고
새해 새 소망이나
빌어보게나

꽃말: 신의, 믿음

구절초

그대는 가을의 전령사
구절초 하양게 핀
뒷산 언덕에 올라
팔베개로 누워 하늘을 보니
아스라이 떠오르는
어머니 얼굴
육남매 키우느라고
고생도 많으셨지만
늘 들국화처럼
청초하셨던 어머니
오늘따라
당신이 몹시 그리운 것은
내가 너무 늙어버린 까닭일까요

꽃말: 가을 여인

내 사랑 칸나여

작렬하는 태양 아래
플라밍고 춤을 추는 여인
붉은 꽃을 머리에 꽂고
치맛자락 흔들며
정열의 춤을 추고 있는
내 사랑 칸나여
머잖아
찬바람이 불고
무서리가 내리면
황망히 떠나가야 할 사랑
이 가을이 다 가기 전에
신명나게 한바탕
놀다나 가세 그려

꽃말: 행복한 종말

뚱딴지

사람들은 나를 얼핏 보고
삼잎국화 같기도 하고
루드베키아 같기도 하다지만
나는 저들보다 키가 껑충 더 크고
돌봐주는 사람 없어도
잘 살아가는 야생화랍니다
울퉁불퉁 못 생긴데다
맛대가리도 없어서
식용보다
돼지에게나 던져주는 돼지감자라고
하시를 당했지만
어느 날부터
나의 약성이 입소문을 타면서
건강식품으로
하루아침에
귀한 몸 대접을 받게 되다니
세상 참
오래 살고 볼 일입니다

꽃말: 미덕

미국쑥부쟁이

저런 보잘 것 없는 것을
일부러 수입했을 리 만무하고
그렇다고 그 먼 곳에서
태평양을 바람에 날려 왔을 리는
더더욱 만무하다
사람이나
화물에 묻어 들어온 게 분명한데
그 번식력이 어찌나 강한지
국내 생태계를 교란시키는
골칫덩어리가 되었단다

저무는 가을 저녁
코끝을 스치는 국화향기가
사뭇 나의 발길을 붙잡는다

꽃말: 그리움, 기다림

오매 단풍

비바람 맞으며
여름 내내
푸르게 푸르게
찬 서리 맞으며
가을 내내
붉게 붉게 키워온 사랑
마침내
다 내려놓고
내년에 다시 오마
마구 손을 흔들며
그렇게 가을은 떠나가지만
한 번 가면
돌아올 줄 모르는
우리네 인생은

꽃말: 사양, 은둔

편지 3

머얼리 시집간
누이에게
가을 편지를 띄웁니다
앞 강둑 길섶마다
코스모스가
한들한들
춤을 추고 있다고
보고 싶으니
고향에 한 번
다녀가라고
이 가을이 다 가기 전에
꼬옥 한 번

꽃말: 순정, 애정

핑크뮬리

가을바람에 살랑대는
핑크뮬리 언덕
꿈길을 걷는 듯
핑크뮬리 그 분홍 꽃길을 거닐다가
마주친
연인들의 짙은 애정표현에
왜 괜스레
내 얼굴이 화끈거렸을까

나중에야 알게 되었네
그곳에서 사랑을 고백하면
영락없이 그 사랑이 이뤄진다고
나 같은 늙은이들이 갈 곳이
아니라는 걸

꽃말: 사랑고백

손주바라기꽃

세상에서
이보다 더 귀한 꽃이
어데 있고
이보다 더 귀한 보물이
또 어데 있으랴
꽃 중의 꽃
보물 중의 보물
온종일
해만 쫓는 해바라기처럼
비록
외사랑일지라도 좋다
오늘도 우리는 온종일
손주들 주위만 맴도는
손주바라기 꽃이랍니다

6부

선운사 동백꽃

고불매(古佛梅)

눈 비 바람 맞으며
버텨온
삼백 수십 년 세월
비록
등이 휘고
몸통이 뒤틀렸어도
백양사 고불매는
올 봄도
의연히
그 자리에 서 있었습니다
경내 가득
선분홍 향을 날리며

꽃말: 고결, 정조

나뭇결(木理)

세상 누구인들
인생길이
다 순탄하기만 하였으랴
꽃길을 걷다가
가시밭길을 걷기도 하고
오르막길
내리막길
때로는 낭떠러지에서
굴러 떨어지기도 하고
설디선 강을 만나
굽이굽이
돌아가기도 하고
가지 많은 나무
옹이도 많은 것처럼
그 누구인들
상처 없는 삶이
또 어데 있었으랴
인생이란
가슴에 박힌 상처도
옹이도
다 끌어안고 살아갈 수밖에

선운사 동백꽃

머언 그리운 임의 기별인가
수줍은 처녀 볼
발그레한 복분자 술잔 위에
사뿐히 내려앉는 눈송이
돌아올 수 없는 강
먼저 건너간 임
작설차 한 잔에도
핑 도는 눈물은
분명 남아 있는
취기 때문만은 아니리
아 아
선운사
눈은 쌓이고
밤새워 목 놓아 우는
동백꽃이여
동백꽃이여

꽃말: 그 누구보다 당신을 사랑합니다

*소원

지나가는 길손마다
소원을 빌며
쌓아올린 돌탑을
그냥 지나칠 수 없어
돌 하나에 소원 하나씩
돌을 쌓는다
죽는 날까지
설령 나에게
무슨 병마가 찾아온들
제발
치매만은 비껴가달라고

아마릴리스

그대 앞에 서면
겨우내 웅크리고
절망에 빠져 있던 나를
두 주먹 불끈
새 힘이 솟아오르게 한다
용기백배
마음을 새롭게 다잡고
힘차게 일어서서
사방팔방 울려 퍼지는
희망의 나팔 소리여

꽃말 : 침묵

안개꽃

혼자서는
아무런 의미가 되지도 않는 것이
붉은 장미와 다발로 뭉치면
소녀들의
웃음소리가 되기도 하고
연인들의
속삭임이 되기도 하고
때로는
순결한 신부의 머리 위에
축복 받은 신랑의 가슴에
기쁜 날이면
제일 먼저 초대받는 꽃
작아서 더 사랑 받는 꽃이랍니다

꽃말 : 간절한 소원

인동초

언감생심
못 오를 나무는
쳐다보지도 말라고
금수저는커녕
흙수저로라도 태어났으면
이런 찌질한 삶은 면했을 텐데
강남 집값이 천정부지로
춤을 추든 말든
강북 변방이라도 좋겠다
발붙일 곳이 있었으면
비집고 들어가
서울사람 행세라도 해보게

꽃말: 사랑의 인연

편지 4

머얼리 시집간
누이에게
겨울 편지를 띄웁니다
뒷산 골짜기마다
동백꽃이
목놓아 울고 있다고
보고 싶으니
고향에 한 번
다녀가라고
이 겨울이 다 가기 전에
꼬옥 한 번

꽃말: 기다림, 애타는 사랑

프리지아

입학식 날
영원한 우정을 다짐하며
졸업식 날
영원한 우정 변치 말자며
친구에게 안겨주고 싶은 꽃
그 누구보다
화관을 만들어
내 사랑하는 연인의 머리 위에
씌워주고 싶은 꽃
프리지아

꽃말: 기쁨, 우정

홍시

아무리
내리사랑이라지만
제 아이들은 눈에 넣어도
안 아플 것만 같고
어쩌다
맛있는 것을 보면
멀리 집 떠난 자식 생각에
끝내
눈시울을 붉히면서
생전 당신 마음은
어찌어찌 그리도
헤아리지 못 했을까요

겨울밤
무심코 베어 문 홍시 한입에
그만
목이 메어 우옵니다

히야신스

앙증맞고 사랑스럽다
꽃이 아무리 예뻐도
향기가 없으면
종이꽃과 다를 게 뭐랴
창밖은 한겨울인데
방 안에는
서둘러 피어난 히야신스
그 향기에 취하고
그 달콤한 속삭임에 빠져
나는 당최 헤어날 수 없으니
어쩌면 좋으랴
그대 향한 이 내 사랑을

꽃말: 겸양한 사랑

해설

꽃을 주제로 대화하는
가장 우화한 삶을 찾아서

이충재(시인, 문학평론가)

꽃을 주제로 대화하는 가장 우화한 삶을 찾아서
—장윤태 시인의 시집『꽃보다 당신』에 붙여

1. 시인을 생각하며

들꽃 흐드러진 계절의 중심에 서서 삶을 돌아본다. 많은 사람들이 산과 들을 질주하거나 오르고 내려옴을 반복하면서 얼굴에 미소 만개한 모습을 보는 것은 어려운 일이 아니다. 그럼에도 불구하고 우리네 삶이 꽃같이 아름답지 못함과 더불어 사람을 사람으로 대하는 따스한 온정이 점점 더 사라지는 것은, 사람 그 안에 물질만을 추구하려고 애쓰는 형이하학적 속성으로 가득한 괴물의 하수인이 되어 살아가는 천민자본주의 영향력이 강한 탓이다.

그런 이유를 가지고 들녘에 만개한 들꽃을 바라본들, 신록 우거지거나 단풍 우거진 숲을 다녀온들 무슨 선한 교훈이 있겠는가 싶을 만큼 사유의 질문을 많이 던지고 싶은 계절이 돌아왔다. 그 들녘이 수확물로 가득 무르익어가는 계절에 장윤태 시인의 일곱 번째 시집으로서『꽃보다 당신』을 만나게 되어 여간 기쁘지 않다. 시인에 대해서는 입소문으로만 들어서 한 번

뵙기를 원했으나 차일피일 미루다가 이렇게 시집 상재를 앞에 두고 뵙게 되어 여간 반가운 것이 아니었다. 처음 사진으로 뵐 때는 매우 강직해 보였으나 작품들을 읽고, 차 한 잔을 앞에 두고 잠시 잠깐 대화를 나눌 때는 인자함과 참된 스승의 여유와 부드러움이 드러나 마음이 편해졌다.

특히 이번 출간하게 되는 시집에는 시인이 손수 핸드폰용 카메라에 담은 꽃들이 시와 어울려 독자들을 위로하고 참된 마음의 선물로 다가선다는 의미에서 그 어느 누구도 흉내 낼 수 없는 귀한 지적 노동을 통해 생산된 시집임을 알게 되었다.

꽃을 주제로 한 작품들의 수는 부지기수라 할 수 있겠으나 현대 문학사에서 그 명맥을 따지자면 김춘수 시인의 『꽃』(지식을 만드는 지식—무의미 시, 즉물 시의 대표적인 문학적 가치를 추구한 시 세계를 표방하였다)으로부터 시작하여 김재황 시인의 『들꽃과 시인』(서민사—농학을 전공한 시인답게 들꽃과 식물 등에 지식이 풍부한 자연 생태 시의 대부라 할 수 있을 만큼 시와 시조에서 두각을 드러낸 시풍을 지녔다), 나태주 시인의 『풀꽃』(지혜—가장 최근까지 들꽃 시인으로 호명되어지고 있으며, 풀꽃을 중심으로 한 그의 시가 널리 읽혀지고 있다)을 들 수 있겠다. 그 뒤에 장윤태 시인의 일곱 번째 시집 『꽃보다 당신』을 놓는다면 꽃을 주제로 한 시집으로서 완벽한 균형을 이룬다고 할 수 있겠다.

그럼에도 불구하고 장윤태 시인의 이 시집이 다른 시인들과의 변별력을 지닌다고 하면, 단연코 이 시집의 작품들을 빛나게 할 자신이 손수 담아낸 꽃 사진이 곁들여 한 권의 시집으로 탄생하게 되었다는 의미로서의 그

풍부함이 독자들의 이해를 돕는 동시에 꽃 시 도감과도 같은 의미를 품고 출간되었다는 점이다.

　팔순의 노구에도 불구하고 시인의 영혼이 맑고 아름다움이 바로 이 시집에 총 망라되어 시인 자신에게나 가족, 제자들 그리고 이웃하는 많은 독자들을 아름다운 사유의 지대로 이끌고 갈 귀한 자료로서의 이정표가 되어 훌륭하다는 평가를 할 수 있다.

　『세계사를 바꾼 16가지 꽃 이야기』의 저자인 개시어 바디는 그의 책에서 "우리가 꽃을 사랑하는 이유 중 하나는 사랑, 죽음, 계층, 패션, 날씨, 예술, 질병, 국가에 대한 충성, 종교나 정치적인 이유, 우주를 향한 도전이나 시간의 흐름 등 삶의 크고 작은 문제들에 관해서 서로 대화할 수 있도록 도와주기 때문이다. 우리는 아주 오래전부터 꽃을 통해 의사소통을 해왔다. 사랑을 표현하려고, 애도하는 마음을 나타내거나 사과하려고 꽃을 보낸다. 공중 보건 캠페인, 전쟁을 기념하거나 반대할 때도 꽃은 중요한 역할을 한다. 사람과 식물의 관계에 관한 책을 쓰다 보면 축하 카드, 휘장, 속담, 램프, 노래, 사진, 의학, 영화, 정치, 종교와 음식에 관해 두루 이야기하게 된다. 꽃에 담긴 수많은 의미를 탐구하면서 문제를 제기한 회화와 연극, 시와 소설에 관해서도 할 이야기가 있다. 그래서 책을 꽃에 비유하기도 하고, 꽃을 책에 비유하기도 한다. 사람들은 일찍이 책을 '울타리를 두른 정원'에 비유하기도 한다." 개시어 바디에 의하면 이번 시집의 저자인 장윤태 시인의 삶은 분명 그 자체가 의미이며 교육이며 서정의 대명사요 영적인 멘토임에 틀림없다.

『살아 있는 동안 꼭 봐야 할 우리 꽃 100』(동아시아) 이 도서는 지은이 권혁재 기자가 자신의 핸드폰 카메라가 담아낸 사계절 들꽃 이야기들 한 권의 공간에 모아 출간한 도서이다. 우리가 일상적으로 쉬 만나고 헤어지는 아니 무관심으로 일관하거나 아름답다는 느낌 하나만을 남기고 돌아서는 꽃의 세계를 한 작가가 핸드폰 카메라에 담아 이 한 권의 도서로 엮어냈다. 그 이유 말고도 귀한 들꽃과 그 꽃의 의미를 기록으로 남겨 기억 속에 혹은 일상적 내면의 풍경을 더해 주었다는 것으로 2차적 의미를 더하는 뜻 깊은 도서이다.

한 사람의 건강한 시인의 영혼이 불러대는 시 노래는 파급력이 크다 못해 대단하다. 왜, 시 자체가 순수하지 않으면 결코 모방단계에 머물러 진실성이 결여된 채 추해 보일 수 있기 때문이다. 그래서 장윤태 시인의 시적 이력이나 한 편 두 편 그 작품 속으로 걸어 들어갈 때면 마치 데이빗 소로우나 그의 친구 랄프 왈도 에머슨을 만나는 듯 평안을 느끼고 읽는 이들이 곧 한 송이 두 송이 들꽃이 되어 들녘에 드러 눕는 상상을 드리우게 한다.

오늘날 많은 시인들의 삶이 존경과 인정 그리고 호감을 잃은 까닭을 바로 시인의 건강치 못한 삶에서 찾을 수밖에 없는 것이 바로 그 까닭이다. 결코 순수치도 맑지도 못한 영혼과 건강치 못한 일상적 삶에서 무엇을 길어 올릴 수 있을 것인가.

그 많던 지식인들과 지성인들은 다 어디로 갔을까? 라는 절규가 빗발치는 21세기 한반도에 우리는 한 사람의 시인으로서 그리고 교육자로서와 어른으로서의 귀한 이 한 분을 만나게 된 행운을 얻게 되어 감사하지 않을 수 없다.

그런 점에서 볼 때 장윤태 시인은 헤르만 헤세의 "그대는 왜 시인이 되려고 하는가?"라는 '시인의 소명 내지 자격'에 가장 가까이 가 있는 시인이며 동시에 김규동 시인이 고백하는 "나는 이래서 시인이다" 또는 김춘수 시인의 "나는 왜 시인인가?"―"존재하는 것의 슬픔을 깊이 있게 느끼고 이해하려고 노력하기 때문에 나는 시인이다. 그 중에서도 사람이란 덧없이 슬픈 존재와 사람으로 태어난 슬픔을 아름다움으로 승화시켜야 한다고 깊이 느끼고 생각하기 때문에 나는 시인이다. 그러나 나는 아직도 이점에 있어서 많이 부족하다. 그것을 솔직히 남 앞에 털어놓을 수 있기 때문에 나는 시인이다." 장윤태 시인은 이 개념 확장에 역시 부합하는 시인임에 틀림없다. 그러므로 이 시집을 읽는 이들에게는 풍성한 시문학이란 영혼의 한 상을 받는 동기가 되어 행복해야만 한다. 또한 많은 선각자들과 독자들이 염려하는 시인됨의 의구심을 불식시키는 장본인이라는 점에서 이해 가을 끝자락에서 만나게 되는 귀한 시인의 작품을 감상할 절호의 기회가 되어 즐겁고 감사하고 행복하다. 이제 장윤태 시인의 꽃 시의 숲으로의 여행을 떠나보려고 한다.

2. 꽃 시의 숲을 거닐면서 영혼의 정화를 꿈꾸다

가슴 떨리는 순간을 기억해 본다. 첫 사랑이란 대상 앞에서 어떤 말을 내밀어 고백해야 할까? 라는 순간과도 유사하다. 매번 해설을 쓰고, 새로운 사람 내지 오랜만에 붕우(朋友)와 지기(知己)를 만날 때와 동일한 느낌을 받는 것은 영영 지워지지 않는 인간 내면의 오각(五覺)을 뒤 흔들고 나오는 순수 때문이다. 장윤태 시인의 시를 대하는 순간도 예외는 아니다. 일단 '꽃 시'의 숲에 한 발자국 들여놓는다.

봐주는 이 없어도

어스레한 어둠이 좋아

사랑을 속으로만 삭이며

하룻밤

달님을 연민하다

그만

아침 해가 부끄러워

오므라들고 마는 꽃

이제

뻔뻔스런 우리도

밤마다 하나 씩

위선의 허물을 벗어던지고

저 달맞이꽃에게서

수줍은 겸손을 배우자

—「달맞이꽃 1」 전문

  시인의 감각은 '특별하다'. '각별하다'. '유별하다'. 타고난 유전적인 DNA
와도 일맥상통한다. 그도 그럴 것이 아무리 절제하려고 해도 절제가 되지
않는 감성 놀음의 결과 하나만을 볼 때도 분명한 차이가 난다.

  보편적인 사람들은 이를 두고 '끼'라고들 말한다. 어느 날 문득 그 '끼'로
서의 달란트가 빛을 발하는 날이 있다. 그날을 기점으로 그를 따라다니는
호칭에 변화가 일기 시작한다. 시인도 그와 동질적인 요소를 지녀 감각의
특이성으로서의 순수, 진정성, 친밀감, 세밀함 등의 일반적인 사람들에게
서는 쉬 찾아볼 수 없는 모습을 발견하게 된다. 위의 시를 비롯하여 대부
분의 시들이 이와 같은 시인 특유의 감각과 감성을 통하여 생산되었다는
의미에서 놀라지 않을 수 없는 것이다.

  필자도 달맞이꽃과의 인연이 특별하다. 덕분에 몇 편의 시도 간직하고
있다. 그런데 장윤태 시인의 달맞이꽃은 생을 리드해가는 멘토적 즉물로
서의 꽃인 셈이다. 그래서 마음 깊이 와닿는다. '위선의 허물을 벗어던지
고/저 달맞이꽃에게서/수줍은 겸손을 배우자'가 그 예라고 할 수 있다.

  홑씨 하나 바람에 날려서
  운 좋게
  정원에 뿌리를 내려 꽃을 피워도

무단침입자로 괄시를 당하고

어쩌다

잔디밭에 싹을 틔우면

꽃 대접은커녕

송두리째 뽑히는 수난을 당해도

아랑곳 않고

난장이라 조롱을 당해도

불평 한마디 없이

오직 하늘만 우러르며

한 점 부끄럼 없는 당당한 그대에게

큰 박수를

–「민들레」 전문

위의 시에서도 시인의 철저한 그리고 세심한 자연을 향한 배려가 드러나는 조용한 연출이 느껴진다.

민들레에게는 다들 별반 관심이 없다. 꽃인가 싶은 호기심도 갖지를 않는다. 유독 시인들에게서와 소설 외 특유의 자료를 통해서만 발견하고 호감을 가질 뿐, 관심의 범위에서는 먼 꽃이다. 그러나 장윤태 시인은 노구임에도 불구하고 민들레꽃을 향한 특별한 관심을 표명하면서 다가서는 자연을 향한 흡입력과 그를 향하는 에너지가 느껴진다. 위의 시상과 같은 결과물은 사실 삶을 고뇌하면서 초월한 이미지의 사람에게서만 발견되어지는 바라고 할 수 있다. 마치 데이빗 소로우가 호수와 숲을 거닐면서 온갖 초원의 것들에게 말을 걸어 인류를 위로하듯 시인은 민들레꽃 한 송이의 존재를 지켜보면서 우리의 삶이 어떠해야 하는가를 떠 올리면서 교훈으로 삼고 있는 것이다. 지나치게 집착하는 삶으로부터 좀 더 자유 할 줄아는 비고 빈 마음으로 관계성의 다리를 놓는다면 분명 우리 모두는 행복하다 노래할 수 있을 것이다. 21세기의 문제성이 바로 그 비우지 못하고채우려고만 애쓰는 탐욕으로부터 연출되고 있음을 시인은 위 시에서 에둘러 들려주고 있는 것이다. 많은 사람들이 직설적 화법을 부담스러워하는 것을 시인 특유의 일생을 통해 터득한 셈이라고 볼 수 있는 단서가 위의 시 말고도 곳곳에서 엿보인다.

봄마다
양지 바른 산야에
지천으로 피어나는,
강남 갔던 제비가 돌아올 때 쯤
꽃이 피어난다고 하여 제비꽃
꽃의 뒷모습이
오랑캐의 투구를 닮았다고 오랑캐꽃
낮은 자세로 앉아서 보아야 보인다고
앉은뱅이 꽃
앙증맞게 조그만 가슴에
우주만큼 큰 꿈을 품고 사는

세상 누구보다

부러울 게 없는 꽃이랍니다

－「제비꽃」전문

　이번 일곱 번째 시집의 작품들을 보면서 시인이 심혈을 기울여 창작했다는 의도의 변화를 발견할 수 있어서 좋았다. 그것이 꽃말과 연결된 시심을 깊이 있게 담아내고 있다는 것 때문이기도 하다. 위의 시에서도 단순 '제비꽃'이 아닌 '오랑캐꽃', '앉은뱅이 꽃' 또한 그 꽃의 전설 내지 전통을 되찾아가면서 시의 의미를 드러내려고 애쓴 흔적이 남아 있다. 제비꽃도 그렇고 오랑캐꽃, 앉은뱅이 꽃이 모두 정겨운 우리의 것이다. 어릴 적 여름 냇가에 가서 미역을 감을 때, 언덕 지천에 핀 꽃이 바로 위의 꽃이다. 마치 씨 주머니를 털어서 소꿉놀이할 때 찬을 만들어 놀던 추억까지 의미부여 할 때, 우리나라 어린 추억을 간직한 사람들에게는 분명 이유 있는 그리고 의미 있는 꽃임에는 틀림없다. 이뿐이 아니다. 키 작은 꽃에 불과하다 할 수 없는 것이 '앙증맞게 조그만 가슴에/우주만큼 큰 꿈을 품고 사는' 간과할 수 없는 자연의 역사를 증명하는 그리고 대지를 장악하고 피어나는 순수 들꽃이기 때문이다. 우리의 삶이 이와 같은 근성을 지닌다면 힘겹게 쉬 목숨을 버리는 자살률 1위라는 오명을 씻을 수 있을 것이다.

　많은 사람들이 제비꽃을 가사로 노래 부르기도 했지만 진정, 시인만큼 그 꽃의 속성을 그려낸 예술가도 드물다고 본다.

그래서 시인은 시를 통해서 말 걸기를 시도해야 하고, 역사를 진단하고 미래의 청사진으로 돌출하는 용기 있는 행보를 해야만 하는 것이다. 이와 같이 제비꽃과 시인과의 조우는 분명 시인의 삶의 중심을 잡아주는 사관과도 직결된다고 할 수 있다. 이 모습을 시인은 시에 담아 가족과 이웃과 일평생 제자들에게 교훈해준 모든 자료를 함축하고 있다는 의미에서 이 시가 지닌 교훈은 남다른 교훈을 품고 있다고 할 수 있다.

산딸기를 찾아서
수풀을 헤치고 다니다가 마주친
보랏빛 여인이여
가만히 들여다보고 있으면
새소리
물소리
바람소리
자유란 불의와 싸워 이긴 자만이
누릴 수 있는 것이라고
흔들릴 때마다
울려 퍼지는 평화의 종소리

−「도라지꽃」 전문

도라지가 품고 있는 약 효과는 물론이고, 그 꽃잎의 강렬함 역시 관심을 표명하는 이들에게는 범상치 않은 의미의 상징으로 대두되는 자태를 지니고 있다. 필자도 시골길을 지나다가 도라지꽃 잎을 보면 잠시 걸음을 멈추고 눈을 마주하곤 하는 꽃 중의 꽃이다. 때론 단순 관상용 꽃보다도 이와 같은 약 효능을 품고 피어나는 꽃이 더 의미로울 때가 있다. 특히 위의 꽃은 척박한 그리고 정원이 아닌 노지에서 꽃을 피운다는 점에서 상징체로서의 의미('자유란 불의와 싸워 이긴 자만이/누릴 수 있는 것이라고/흔들릴 때마다/울려 퍼지는 평화의 종소리')를 깊이 있게 내포하고 있다는 점에서 시인의 마음을 사로잡았다고 할 수 있다. 그 열정과 강인함을 시인은 놓치지 않고 자신의 삶의 정체성을 이입시켜 독자들로 하여금 시인과 도라지 꽃잎과의 일체성을 드러내 보여 주는 단서를 제공하는 매개가 되고 있다는 점에서도 마음에 폭 넓게 와 읽혀서 좋다.

봄꽃들이

줄줄이 피었다 저도

죽은 듯

미동도 않던 것이

오월이 다 되어서야

뾰족뾰족

싹을 내미는 늦잠꾸러기

뒤늦게 눈을 뜬 만큼

온 정열을 다 불살라

한여름 땡볕에도

얼굴 붉히며

백일동안 꼿꼿이

정원을 지키고 있는

그대는 의리의 꽃

목백일홍이어라

―「배롱나무」 전문

　어느 여류 시인이 자신의 상점 문을 걸어 잠그고 배롱나무 꽃을 보러 무작정 떠났다는 기사를 두고 유독 배롱나무 꽃에 관심을 기울인 적이 있다. 도대체 어떤 꽃이, 어떤 태도 변화를 엿 보이기에 한 여인의 일상적 업무까지 내려놓고 성급히 달려 갈 수 있을 만큼 유혹적이고 매혹 적이었나? 큰 관심을 불러 일으켰던 지난날의 의미가 되살아난다. 이 또한 시가 토해내는 향기 때문이리라.

　장윤태 시인 역시 이 배롱나무꽃의 열정과 환희에 취해서 발걸음 모두고 서서 별을 바라보듯 한참을 꽃잎에 취해 섯는 모습이 삼삼하다. 누구인들 꽃을 싫어하는 사람이 있겠는가. 그러나 시인에게는 유독 강렬한 의미로 다가서는 것이 바로 독자 그들에게는 없고 유독 감성의 촉각에 날이 선 시인에게만 남아있는 것은 돈도 명예도 권력도 그렇다고 외모의 화려함도 꿈꾸지 않는 오직 인간과 자연이라는 창조물 중의 하나로서의 물아일체(物我一體)의 즐거움을 아는 이에게 주어진 특권이며 선물인 것이다.

　모두 다 취할 수는 없다. 하나는 버려야만 또 다른 하나를 얻을 수 있고, 비우고 나서야 발견하는 여유와 여백의 미를 발견하는 것은 사실 비범한 자의 선택적 결과물인 것이다. 그래서 예술을 사랑하는 많은 사람들은 말년의 호칭을 시인으로 불려 지기를 극구 원하는 것이다. 그 소망의 노래를 멈추지 않는 데는 다 이유가 있다.

무쇠라도 녹일 뜻

찌는 불볕에도

두 손 모아

무병장수를 기원하던 여인들이

갑자기

바람이 일자

일제히 머리를 풀고 일어나

덩더 쿵 덩 더쿵

중모리 장단에 맞춰 춤을 추며

너울너울

하늘로 올라갑니다

왕생극락을 빌고 또 빌며

─「연밭에 바람 일던 날」 전문

꽃 시라고 해서 아름다움만을 노래하는 것은 아니다. 많은 사람들이 사진을 보고 혹은 매체의 현상학적인 겉모습을 모방하여 시를 쓰는 형태가

많이 목격된다. 그러나 장윤태 시인의 이 시집 속 작품들은 전반적으로 발로 걷기도 하고 뛰기도 하는 등 땀이 서려 축적된 이미지가 일구어내고 창작되어진 결과물이란 점에서 쉬 간과할 수 없는 것이다.

꽃에서도 서사적, 역사적 흔적을 발견하여 오늘의 나를 강직하고도 진정성 농후하며 의지가 다부진 생애의 청사진을 그려나갈 수 있게 하는 그렇게 의도된 시들이 제법 눈에 띤다. 그것은 단순 카메라에 형상을 담았다고 가능한 것이 아니라 전후 연구자의 탐구정신이 만들어낸 결과물인 것이다.

그런 의미에서 한 편의 꽃에 관련된 시를 쓰고 읽는다고 해도, 충분히 변별력이 느껴지고, 영혼 깊이 와 닿는 교훈, 정서적 안정감과 교훈의 맛이 달라지는 것이다. 위의 시가 품고 있는 것도 이와 같은 시의 성격은 물론이거니와 시인의 관심의 깊이의 결과물이라고 할 수 있다.

3. 시의 숲을 돌아 나와 다시 시인을 생각하며

다시 캐시어 바디의 말에 귀 기울여 본다. "꽃은 겉으로 드러나는 모습과 실체, 삶과 죽음, 시간의 본질 등 끈질긴 철학적인 질문과 관련이 깊다. 우리 눈을 현혹하는 아름다움이 어쨌든 계속 될 수는 없다는 가르침을 주는 게 꽃의 주된 존재이유라고 도덕주의자들은 말한다."

장윤태 시인의 주옥같은 꽃과 연관된 시들을 감상하면서 표정이 밝아진 듯 하여 거울 앞을 한참 동안 서성거려 보았다. 마치 꽃 만발한 정원 수백 곳을 다녀온 기분이기도 하다. 은혜가 아닐 수 없다. 참으로 행복하다. 시인과 시인이 만나서 무엇을 이야기 할 것인가? 호기심 가득 해 하는 독자들이 제법 많다. 시인들은 만나면 어떤 주제와 소재를 쌓아놓고 대화의 속도 조절을 함과 동시에 함께 그 진중한 분량을 덜어가는가? 그 궁금증도 별반 다름이 없다. 그러나 불행하게도 21세기 오늘날 특히 대한민국의 시인들에게서 무엇을 얻을 수 있으며, 궁금증을 유발한 그 독자 한사람을 만족 시켜 줄 수 있을까에 대한 반문에는 회의적일 수밖에 없을 만큼, 오늘날의 시인에게는 내적 멋이 없다. 영혼을 리드 해 갈 매혹적이고도 내적 향기를 발견하기가 어렵다. 이것이 바로 독자들에게 시가 진정 필요한 문학예술 장르임에는 틀림없으나, 그들로 하여금 시를 멀리하는 장애가 된다는 점에서와 시적 인생을 건강하게 그리고 아름답게 살아내지 못하는 시인들의 깊이와 여백 없는 삶으로 인한 죄의 값을 감당해야 한다는 이유다.

박이도 교수는 늘 시인들에게 다음과 같은 잠언을 들려주기를 주저하지 않는다. "시의 효용성 가운데는 작가의 몫도 있다. 작시 행위 자체가 정서적인 카타르시스의 역할을 해내기 때문이다. 시인들에 의해서 써지는 시들은 독자를 의식하기보다는 자기 스스로의 삶에서 감동하고 소망하는 것들을 시로 써냄으로써 정서적인 문명을 획득해 내고 있다는 사실을 깨닫게 된다. 그것은 자신의 정서적 욕구와 종교적 헤아림, 그리고 인생의 허전함을 스스로 달래고 소화시키는 지혜에 속한다고 보아도 좋을 것이다. 시인들이 왜 시를 쓰지 않을 수 없는가에 대한 해답을 얻을 수 있을 것 같다. 즉 일기를 쓰듯 시인들이 살아가는 과정에서 얻어지는 풍부한 미학의 체험들을 읽을 수 있다. 마치 일상의 생리 작용처럼 정리해 낼 수밖에 없는 시인으로서의 기질을 지녔기 때문이다. 시인들은 풀과 물과 꽃과 일상적 현상들을 시의 주된 화자로 등장시킨다. 풀과 물과 꽃과 피조물 중 아름다움을 지닌 서사적, 서정적 현상들은 가장 범용한 인간을 상징하며, 좁은 의미에선 신앙적으로 일상적인 삶에서 최선의 가치를 추구해가는 평범한 존재에 해당하기도 한다. 이것은 시인의 시적 기질에 속하는 문제이다." 선배 시인들의 작품의 평설을 쓰면서 느끼는 감회는 오늘날의 시인들과 작품을 읽을 때와는 사뭇 충돌이 일어나는 것도 바로 그 이유에서다.

아무쪼록 장윤태 시인의 건강한 영혼과 시심을 향한 끊임없는 열정과 탐구정신이 젊은 뭇 시인들을 사로잡는 듯해서 반갑고 감사하다. 그로 인한 또 다른 시집을 기대해 마지않는다. 이번의 일곱 번째 시집 속 문학의 지체들이 그렇고, 그 이후의 또 다른 시집을 기대하는 것은 바로 장윤태 시인만이 지닌 섬세하고도 소소한 일상의 것들을 버려두지 않고 자신의 시적 인생의 정원에 파종하여 그 이후의 결과물로서의 꽃과 열매를 시로 형상화 시켜 21세기 뭇 독자들을 위로하여 새 힘을 불어넣어주는 지적 노동에 말년을 불태우고 있기 때문이다. 그래서 이후의 시가 벌써 기다려지는 것이다.

이 시집이 상재되어 코로나 19란 불청객 바이러스로 지친 뭇 영혼들을 위로하고, 그들의 마음을 따스하게 보듬어 안아 주는 역할 자가 되어 주기를 소망하면서 글을 맺는다. 출간 후 자리를 함께 할 때, 장윤태 선생님께 따스한 커피 한 잔 올리고 싶은 마음으로 선생님의 귀한 시집의 해설을 쓸 기회 주심에 머리 숙여 감사를 드린다.

끝으로 저자와 시를 사랑하는 독자들과 잘못된 길에서 돌아서지 못하는 천민의식에 사로잡힌 자들을 향한 시의 울림과 시를 통한 치유를 경험하기를 원하는 시대의 소시민들을 향한 공감대를 형성하고 싶은 메시지 하나를 남기는 것으로 이 글을 마무리 하고자 한다.

"시는 자연 치료제. 이것은 삶 자체나 경험에서 얻은 동종요법과 같다. 시는 경험을 증류해서 순수 결정체를 만들어 낸다. 우리 각자의 경험은 타인의 것과 공통점이 있다. 한 가지 흥미로운 사실은 시를 치료(유)법으로 사용하면 사람들의 다양한 삶의 일면을 통합할 수 있다는 점이다. 시의 본질인 소리, 은유, 이미지, 감정, 리듬 등이 치료제로 작용해 신체적, 정신적, 영적 시스템을 강하게 만든다. 아무도 우리에게 말을 걸지 않을 때, 시는 말을 건넨다. 시는 무기력한 삶에 생기를 불어넣는다. 시가 주는 감동은 고통스러운 감정을 붙들어 이를 탐색하고 변화시킨다. 과거와 현재, 미래의 삶을 짚어 보고 이름을 붙이는 방법이 시를 읽고 쓰는 것이다." (존 폭스의 『시 치료』 중에서)

이 땅의 시인들에게 부탁드리건데, 시대의 강을 건너며 곤고해 하며 쓰러져 아파하는 영혼들을 향해 시의 손을 내밀어 평안과 소망의 초원으로 이끌어 소생시키는 역할로서의 사명을 다해주셨으면 한다. 그 중심에 장윤태 시인의 시집 『꽃보다 당신』이 그 좌표가 되리라 믿는다.

꽃보다 당신

장윤태 지음

발 행 처 · 도서출판 청어
발 행 인 · 이영철
영　　업 · 이동호
홍　　보 · 천성래
기　　획 · 남기환
편　　집 · 방세화
디 자 인 · 이수빈 | 김영은
제작이사 · 공병한
인　　쇄 · 두리터

등　　록 · 1999년 5월 3일
(제321-3210000251001999000063호)

1판 1쇄 발행 · 2021년 11월 20일

주소 · 서울특별시 서초구 남부순환로 364길 8-15 동일빌딩 2층
대표전화 · 02-586-0477
팩시밀리 · 0303-0942-0478

홈페이지 · www.chungeobook.com
E-mail · ppi20@hanmail.net
ISBN · 979-11-5860-993-1(03810)